矮小的大人物
晏子
Yanzi – China's Little Big Man

作者：冷步梅
繪圖：奇兒

編者的話 From the Editors

我們是麥荷（Heather McNaught），一個學中文已經很多年的學生，和齊玉先（Ocean Chi），一個很愛教中文的老師；我們是《中文讀本》的主編。我們很希望你會喜歡《中文讀本》這套書。這套書的故事包括有傳統故事（traditional stories）和原創故事（original stories）。

學習語言不只是要學習文法和生詞，也要學習那個國家的文化，他們有意思的故事是什麼？有名的人是誰？平常的生活跟你一樣不一樣？如果你是正在學習中文的學生，你應該會對華人社會和中華文化有興趣，也想多知道一些中國人的故事。

你一定已經學會了很多漢字，想多看看一些中文書，問題是你找不到好看的書可以讀，對不對？讀那些給小朋友看的書，沒意思；看那些寫給中國人看的書，太難了，看不懂，怎麼辦？那麼，選這套書就對了，因為這套書就是寫給外國人

看的。書裡面用的都是比較簡單的中文，用較容易的語法來寫的。而且這套書的故事不是寫給小朋友的，是寫給大人的，所以你一定會覺得故事很有意思。

　　看完這套書，你的中文一定會更好，肯定會學到一些新的東西，知道更多中國人的故事。

　　喜歡這本的話，就再看一本吧！祝你讀書快樂，中文學得越來越好！

麥荷和齊玉先　共同編輯於台灣台中

故事裡的人

晏子 Yànzǐ：齊國有名的
大官，幫齊國做了很多大事

楚王 Chǔ Wáng：
楚國的國王

齊王 Qí Wáng：
齊國的國王

管仲 Guǎn Zhòng：
齊國有名的大官，幫齊
桓公做事

越石父 Yuè Shífù：
齊國的君子

目 次 Table of Contents

一

不去狗國

晏子是兩千多年以前的人。那個時候，中國有很多小國家。晏子是齊國人。齊國本來很**強大**[1]，後來因為齊國的王**齊桓公**[2]死了，齊國就越來越**不行**[3]了。

晏子長得很矮，可是非常聰明。他在齊國**做官**[4]。因為他特別會說話，他常常代表齊國到別的國家去。

有一次，齊王要他到南方的楚國去。楚國比齊國強大。楚王聽說晏子很矮，就叫人不要開城門，只能開旁邊的小門。晏子到了楚國的城門前面，看到**看**[5]城門的人只開了小門。晏子想：「我代表我的國家來，如果我被他們笑話，他們一定會看不起我的國家。」所以他在城門口，大聲地說：「我來楚國

---

1. 強大（qiángdà）powerful, mighty
2. 齊桓公（Qí Huán Gōng）the most famous king of the kingdom of Qi. The kingdom of Qi was extremely powerful during the reign of Qi Huan Gong
3. 不行（bùxíng）to be in a poor condition
4. 做官（zuòguān）to be a public official; to take a government post
5. 看（kān）to guard

7

要見楚王，你們開的門是狗走的小門，我來的不是狗國，我也不是要去見狗王呀！」看門的人聽了他的話，馬上叫人去告訴楚王。楚王聽了，心裡很不高興，可是他也沒有別的辦法。他不能讓晏子說楚國是狗國。所以楚王叫人開了城門，歡迎晏子進城。

你看得懂嗎？Comprehension Questions:

1. 齊國從什麼時候就越來越不行了？

2. 為什麼晏子常常代表齊國到別的國家去？

3. 晏子去楚國，楚王為什麼叫人不要開城門？

4. 為什麼後來楚王又叫人開了城門？

二
我最沒用

　　晏子進城見了楚王。楚王心裡想：「剛剛被他笑了，現在我一定要讓他**丟臉**[6]。」他先把晏子從頭到腳看了一遍，再問他：「你們齊國是不是沒有人啊？」

　　晏子說：「大王，齊國的人很多呀！怎麼會沒有人？齊國的城，街上都是人，多極了。如果齊國的人都把手舉起來，我們就看不見太陽了；如果都用手**擦汗**[7]，就會像下雨一樣。您想齊國的人多不多？」

　　楚王說：「你不是**吹牛**[8]吧？如果齊國有這麼多人，怎麼會要你來楚國呢？」

　　晏子說：「大王，我沒有吹牛。在我們齊國是這樣的：最聰明的人到最好的國家去。平常的人到平常的國家去。我在齊國是一個最沒有用的人，所以齊王要我到楚國來。」

6. 丟臉（diūliǎn）to be embarrassed
7. 擦汗（cāhàn）to wipe one's sweat
8. 吹牛（chuīniú）to boast; to brag

楚王聽了，不知道應該說什麼。他本來想笑晏子，沒想到又被晏子笑了。這一次晏子到楚國去，他沒有讓齊國丟臉。

你看得懂嗎？Comprehension Questions:

1. 楚王為什麼要問晏子，齊國是不是沒有人？

2. 晏子怎麼告訴楚王齊國的人很多？

3. 晏子為什麼說他自己最沒有用？

三
橘子變枳實

內文 Text：track5　生詞 Vocab：track6

過了幾年，齊王要晏子再到楚國去。楚王聽到晏子又要來楚國的消息，就把**臣子**[9]們都找來。楚王對臣子們說：「晏子太會說話，上一次他來楚國，我們還被他笑了。這一次，我一定要**出一口氣**[10]。我要讓他知道，我們楚國人比他們齊國人聰明。你們有沒有好辦法？」大家想了半天，都沒有好法子。最後，一個臣子說：「我想到一個辦法，一定可以讓晏子沒有話說。」他把他的辦法告訴楚王。楚王聽了以後很高興地說：「這個辦法太好了！」

晏子到了楚國，見了楚王。這一次楚王很客氣地請晏子和大臣們一起喝酒。他們一邊喝酒，一邊聊天。這時候，兩

---

9. 臣子（chénzǐ）official in a feudal court
10. 出一口氣（chūyìkǒuqì）to get even

個楚國的**士兵**[11]帶了一個人進來。那個人的雙手都被**綁**[12]了起來。楚王問：「他是什麼人？你們為什麼把他綁起來？」士兵說：「大王，他是齊國人。因為他偷了東西，所以我們把他綁起來，帶來見您。」楚王笑著問晏子：「齊國人喜歡偷東西嗎？」晏子聽了，站起來說：「大王，您聽說過**淮河**[13]南邊的橘子樹結的橘子又大又甜吧？可是橘子樹到了淮河北邊就變

11. 士兵（shìbīng）soldier
12. 綁（bǎng）to tie; to bind
13. 淮河（Huáihé）the Huai River

了，結的果子成了枳實，又小又難吃。我聽說這是因為兩個地方的**水土**[14]不同，好好的橘子樹到了北方就長不好了。人也一樣。齊國沒有小偷，我們齊國人晚上睡覺都不關門。一個人在齊國是個好人，到了楚國卻會偷東西，我想這是因為楚國不好，人到了這裡才變壞的。」

楚王覺得晏子又聰明又會說話。他說：「你真**了不起**[15]。我本來想笑你，可是我們又被你笑了。」

這一次晏子又沒有讓齊國丟臉。他回到齊國，齊王非常高興。

---

14. 水土（shuǐtǔ）water and land; environment
15. 了不起（liǎobùqǐ）amazing; extraordinary

你看得懂嗎？Comprehension Questions:

1. 楚王聽說晏子又要來，他做了什麼事？

2. 取笑晏子的辦法是誰想出來的？楚王覺得他的辦法怎麼樣？

3. 士兵說他們為什麼把那個人的雙手綁起來？

4. 晏子說「齊國人晚上睡覺都不關門」的意思是什麼？

5. 最後楚王覺得晏子是一個怎麼樣的人？

四

不加菜，不收禮

晏子雖然是齊國的**宰相**[16]，他的生活卻非常簡單。他家很少吃肉，他的妻子也不穿很貴的衣服。有一天，齊王叫了一個人去晏子家。晏子正在吃飯，他就請客人和他一起吃。晏子把自己的飯**分**[17]了一半給客人。這個人回去告訴齊王：「晏子沒有什麼錢。我去他家的時候，他正在吃飯，所以他就請我一起吃。可是，雖然我是您**派**[18]去的人，他也沒有加菜請我。他只把他自己吃的飯菜分了一半給我。我沒吃飽，我想他也沒吃飽。」

16. 宰ㄗㄞˇ相ㄒㄧㄤˋ（zǎixiàng）prime minister in feudal China

17. 分ㄈㄣ（fēn）to divide; to allocate

18. 派ㄆㄞˋ（pài）to send a person somewhere to do something

齊王聽了，馬上叫人送錢給晏子。晏子不肯收。後來，齊王自己把錢送給他，告訴他說：「大家都知道管仲是齊國最了不起的人。他幫齊桓公做了很多大事，齊桓公送給他一塊地，他收了。你也給齊國做了這麼多事，我送你一點錢是應該的。管仲都收了，你為什麼不能收呢？」晏子說：「我聽說聰明的人很少做錯事，可是有時候也會做錯一件事；笨的人常常做錯事，可是有時候也會做對一件事。管仲當然比我聰明得多，可是收禮這件事，我想我做得比他對。」齊王聽了，知道晏子不願意收他送的錢，只好把錢拿了回去。

你看得懂嗎？Comprehension Questions:

1. 齊王派的人到晏子家的時候，晏子正在做什麼？

2. 晏子怎麼請客人吃飯？

3. 去看晏子的人從哪件事情看出晏子沒有錢？

4. 齊王為什麼要和晏子說起管仲？

5. 晏子覺得管仲是一個怎麼樣的人？

五
知錯能改

內文 Text：track9　　生詞 Vocab：track10

　　晏子有一次到晉國去。他在回國的路上，看見一個戴著破皮帽、**反穿**[19]皮衣的人坐在路邊休息。晏子覺得他看起來像一個**君子**[20]。他從那個人穿的衣服，知道那個人以前不是**做工**[21]的，就問他：「你是做什麼的？」那個人說：「我叫越石父，本來是齊國人，我在這裡做**奴僕**[22]。」晏子問：「你做了幾年了？」越石父說：「三年。」晏子又問：「我可以把你**贖**[23]回去嗎？」越石父說：「可以。」晏子就用一匹拉車的馬贖了越石父，讓越石父坐上他的車，一起回齊國。

19. 反ㄈㄢˇ穿ㄔㄨㄢ（fǎnchuān）to wear clothes inside out
20. 君ㄐㄩㄣ子˙ㄗ（jūnzǐ）gentleman; a person with high moral standard
21. 做ㄗㄨㄛˋ工ㄍㄨㄥ（zuògōng）to work as a laborer
22. 奴ㄋㄨˊ僕ㄆㄨˊ（núpú）slave
23. 贖ㄕㄨˊ（shú）to ransom

他們到了晏子的家以後，晏子沒跟他說一聲，就到後面的房間去了。越石父非常生氣，他**要求**[24]馬上離開晏子的家。晏子覺得很奇怪，就問他說：「你做了三年的奴僕。我在你困難的時候幫了你。你為什麼這麼生氣，還要離開呢？」越石父說：「我聽說君子在不了解自己的人面前可以受**委屈**[25]；可

24. 要求（yāoqiú）to ask; to request
25. 委屈（wěiqū）to be wronged

是，在了解自己的人面前就不能受委屈。」晏子問：「你這麼說是什麼意思呢？」越石父說：「我給別人做奴僕的時候，那些人不知道我是什麼樣的人，所以我願意**忍受**[26]。你因為了解我，才把我贖了，所以我不願意受委屈。你剛剛沒有告訴我就自己走到後面去，沒有把我**當**[27]你的客人。我不願意住在這裡。」

晏子聽了他的話，馬上向他**道歉**[28]。他請越石父跟他一起到後面的房間去，把越石父當他家的**貴賓**[29]。

---

26. 忍受 (rěnshòu) to bear
27. 當 (dāng) to treat as
28. 道歉 (dàoqiàn) to apologize
29. 貴賓 (guìbīn) an important guest

你看得懂嗎？Comprehension Questions:

1. 越石父是哪一國人？晏子看見他的時候，他在哪裡？

2. 晏子用什麼把越石父贖回齊國？

3. 晏子做了什麼事讓越石父生氣？

4. 越石父為什麼會對晏子生氣？

5. 晏子聽了越石父的話以後，他做了什麼？

六
知人善任

內文 Text：track11　生詞 Vocab：track12

　　晏子在齊國很有名。齊國的人民都知道他是一個好官。他雖然是宰相，可是看起來和平常人一樣。晏子的車夫長得非常高大，他駕[30]車的時候，喜歡把頭抬[31]得高高的，好像一個大官的樣子。有一天，他駕著車經過自己的家，他的太太從窗口看見他的車過去。那天晚上，車夫回家以後，他的太太說要跟他離婚[32]，不要跟他在一起了。

30. 駕ㄐㄧㄚˋ（jià）to control; to ride
31. 抬ㄊㄞˊ（tái）to raise; to lift
32. 離婚ㄌㄧˊㄏㄨㄣ（líhūn）to divorce

他問太太為什麼忽然要離婚。他太太告訴他：「今天早上我看見你駕車從家門口經過。你的頭抬得比宰相的頭還要高。我覺得很丟臉。」車夫說：「宰相在齊國是最大的官，我是他的車夫，當然頭要抬得高高的，大家才知道坐在車上的是一個**大人物**³³嘛。」太太說：「**問題**³⁴就在這裡。宰相做過很多大事，可是他坐在車上，一點也沒有大人物的樣子。你呢？你只是長得很高大，你做過什麼大事？你是什麼人？你只是他的車夫，可是卻很**自大**³⁵，頭抬得比他還高。做一個車夫就覺得自己很了不起，以後你也不可能做什麼大事了。」

　　車夫聽了太太的話，覺得她說得很對。第二天他給晏子駕車的時候，就不再把頭抬得高高的了。晏子看見了，覺得很奇怪，就問他為什麼。他把太太說的話告訴晏子。晏子想，這個車夫知道自己錯了就馬上改，以後一定能做大事。他讓車夫去做官，後來這個車夫也做了很大的官。

---

33. 大人物（dàrénwù）a great and important man
34. 問題（wèntí）problem
35. 自大（zìdà）arrogant

晏子活了九十五歲，做了四十多年的官。他給齊國做了很多大事，也是中國有名的好官。所以，兩千多年以後，我們還在讀他的故事。

你看得懂嗎？Comprehension Questions:

1. 晏子的車夫為什麼駕車時喜歡把頭抬得高高的？

2. 車夫的太太為什麼要跟他離婚？

3. 車夫的太太覺得他的問題在哪裡？

4. 晏子為什麼讓他的車夫去做官？

track 13

討論 Discussion Questions：

1. 談一談你覺得晏子是不是一個好官。你覺得今天的
   官可以跟晏子學到什麼？

   _____

   _____

2. 討論什麼是「會說話」，晏子怎麼「會說話」？討論
   有名的人或者是你認識的人中，有哪些「會說話」的
   例子？

   _____

   _____

3. 討論一下你從越石父的故事中看出晏子是一個怎麼
   樣的人。

   _____

   _____

4. 談一談你覺得晏子車夫的太太是一個怎麼樣的人。

   _____

   _____

中文讀本（初級本）

矮小的大人物 － 晏子

作　　者：冷步梅

繪　　圖：奇　兒

企劃主編：麥　荷、齊玉先

發 行 人：林載爵

執行編輯：呂淑美

審　　稿：吳桃源、盧德昭

校　　對：曾婷姬

整體設計：瑞比特工作室

錄　　音：純粹錄音後製有限公司

出　　版：聯經出版事業股份有限公司

　　　　　臺灣臺北市忠孝東路四段561號4樓

Chinese Readers（Beginner Level）

China's Little Big Man – Yanzi

Author	: Pu-mei Leng
Illustrator	: Yao-huang Lin
Editor-in-chief	: Heather McNaught, Ocean Chi
Publisher	: Linden T.C. Lin
Editor	: Shu-mei Lu
Copy Editor	: Tao-yuan Wu, De-zhao Lu
Proofreader	: Teresa Tseng
Layout & Cover Design	: Rabbits Design Inc.
Recording Production	: Pure Recording & Mixing

Published by Linking Publishing Company

4F, 561 Chunghsiao E. Road, Sec. 4, Taipei, Taiwan, 110, R.O.C.

Printed in Taiwan

ISBN: : 978-957-08-3495-6　　Price: NT$200 / US$6.49